# 侯吉諒詩集

江兆申署

侯吉諒詩集

# 連篇交響詩

# 聯翩交響——侯吉諒《連篇交響詩》序

文：李瑞騰
中央大學中文系教授兼人文藝術中心主任

文壇友人中，誰堪稱多才多藝，我首先想到的是侯吉諒。他能寫（詩、文、書法）、能畫（水墨）、能刻（篆刻）、能編（周刊、副刊、詩刊、圖書出版），而且都專精。

我在編《七十四年詩選》（臺北：爾雅出版社，一九八六）的時候，選了他一首〈舊愛〉。那時和他認識，卻不熟，知道他已得過時報敘事詩優等獎（〈風塵中的俠骨〉，一九八二）、國軍新文藝長詩銀像獎（〈英雄的塑像〉，一九八五），正主編《創世紀詩雜誌》，雖尚未出版詩集，但已蓄勢待發。我在詩後的「編者按語」說他當年的〈中秋即景〉、〈抽煙〉，「都直指當前社會問題，用語諧趣，內含譏諷」，但我沒選，選的卻是寫愛情的〈舊愛〉，當初必有一番斟酌，惟年代久遠，已難稽考。

大約就在這個時候，吉諒開始關切自己所在的城市——臺北，寫他自己在生活中的耳聞目見。他出生嘉義，高中讀南一中，大學在臺中中興大學讀食品科學，是標準的中南部小孩。高中畢業曾重考大學，住在臺北一年；退伍後在臺北住了下來，做的是編輯工作，對於社會有一定程度的興趣，作為一位有高度自我期許的詩人，環境讓他的詩風轉向現實。

然後，吉諒出版了他第一本詩集《城市心情》（臺北：漢光，一九八七），有陳輝龍的一組城市攝影作品搭配，加上漢光素以攝影、設計聞名，則此書之精美，可與全臺首善之區的繁榮相媲美。詩凡廿九題（卅七首），以城市情節、城市觀察、城市生活、城市思考分輯，脈絡分明。另有前輩詩人洛夫作序，好友沙笛寫評，並附了詩人寫詩的相關資料，這是編輯人的自我編輯，詩好，承載她們的書冊也要相得益彰。

「城市生活」輯中第一首〈赤壁車聲〉，寫當下在臺北廈門街高樓書房，研墨援筆，書寫蘇軾〈赤壁賦〉之「兩行東坡當年泛舟赤壁的月光」，書寫過程，毛筆之運轉游動之際，交響著兩種聲音：一是實的，即窗外「洶湧的車聲」；一是虛的，即當年赤壁「洶湧的濤聲」。吉諒藉此展現今古對話的深刻性，動靜自如，實虛相生。

此詩後又收入《詩生活》（臺北：麥田，一九九四）卷丁「書法新寫」中。對於吉諒來說，讀詩、寫詩是他日常生活的一部份；日常生活也自然進入他的詩中。當生活中盡是詩，盡是高中時代就啟蒙的書法等文人技藝，以詩寫書法極其自然。本卷九首，皆與〈赤壁車聲〉同時或更早的作品，重要的是他所謂「新寫」，筆、印、碑都能翻出新意，那一起發表的五首以「帖」命題之作：〈酷熱時事帖〉、〈軍旅即事帖〉、〈大樂交響帖〉、〈創世金石帖〉、〈赤壁車聲帖〉，設定之主題與筆走宣紙雙寫，手書墨蹟是藝術，內容或言其志、或緣其情，有時事，有生活，詩意與字形雙美。

跨世紀之交，吉諒出版《交響詩》（臺北：未來書城，二〇〇一），這是他的第六本詩集，全書分六卷：華麗、四季、交響曲、傾聽、畫詩、寂寞，首卷以「華麗」為名，寫的是文房四寶之類的古物，如〈古玉玄冰松煙墨〉，物形物色，物之所以成形，有質感如天造地設；詠物之外，「我」之觀物體物，彷彿與親蜜愛人的深情對話，有深刻的寄寓比興。

《交響詩》之後的二十年間，吉諒以書法名家的身分致力於書法教學，出版多本類教科書，普遍受到重視，也出版不少文化散文，就是沒有新的詩集面世。現在，為了回應一些人誤以為他已不再寫詩，他寫了一篇〈我一直在寫詩〉，刊於網路媒體《方格子》之《侯吉諒談詩畫文學》（二〇二二年三月十日），最後說：「我心中早已規畫好的，一本漂亮、大方，有質感、溫度的詩集。」應該就是這本《連篇交響詩》（臺北：時報文化，二〇二二）。

這本詩集有四輯：墨色如詩、文房風景、詩在時間中綻放、茶與花的心事。第一輯當然最亮眼，吉諒在前年出版的《筆花盛開——詩酒書畫的年華》（臺北：聯經，二〇二〇）中有一篇〈新詩中的墨色〉，提到他為經年臨寫的書帖寫了四首詩，它們是王羲之〈蘭亭序〉、蘇東坡〈寒食帖〉、黃山谷〈花氣薰人帖〉、趙孟頫〈赤壁賦〉，並特別以〈寒食帖〉為例，說明這樣的寫作狀況。

他說：「在現代詩的寫作中，表面上是以詩人的感性出發，『演繹』了蘇東坡寫字的情節，然而，事實上詩是建立在我長久臨寫蘇東坡書法的認識上。」誠然，在這篇散文中，所談〈寒食帖〉的內內外外，乃建立在吉諒對蘇東坡的詩和書法的理解體會上，當我們要讀吉諒這首詩，如果了解蘇東坡的二首〈寒食詩〉，了解他的〈寒食帖〉，就比較能懂吉諒為什麼這樣寫。但是，有些知識必須外求，這不容易；而如果直接讀詩，當然也可以，因為「這些你都寫成詩」，「這些都在你的詩裡」。

不過，我又覺得吉諒以詩寫書法，是接受、體會後的回饋，我們跟著書法名家回到法帖世界，也等於回到揮筆現場，學習當更深刻；讀第二輯的「文房風景」也一樣，紙鎮、臂擱、粉金紙、裁紙刀、瓷水滴、芙蓉印、松煙墨、蘭竹筆等文房古物，皆極專業，這些對書法家來說，都是日常使用，但對一般人來說，難得一見，詩人以詩為我們解說，想多懂得一些，另找文獻來閱讀；當然，純讀詩亦無不可。

另二輯以詩、茶、花標題，素寫生活，亦有家庭書寫、域外旅行寫作、情愛敘事並抒情等，相當多元；壓卷之作是前集的主題詩〈交響詩〉，吉諒詩中音樂成份濃郁，此詩管弦齊鳴，鏗鏗鏘鏘，詩形上下對排，如樂團之壯闊，乃前此音樂詩的集大成之作，加上「連篇」二字為新集命名，則墨色如詩之外，更是美音聯翩了。

我這篇小文穿越吉諒三十餘年的詩史，拈出「書法」一條脈流，看出墨色忽焉而澹忽焉而濃，尺幅之內有大美。我以為在吉諒的詩生活中，詩寫書法，乃一大樂事，亦成其詩的最大特色。

# 流淌墨香的詩篇——序侯吉諒詩集《連篇交響詩》

文：向陽
詩人、前台北教育大學台文系教授

《連篇交響詩》是詩人、書法家侯吉諒繼第七本詩集《交響詩》（二〇〇一年）之後的新出詩集。《交響詩》出版當時，諸多詩人均予極高評價，余光中認為侯吉諒的詩「兼有現代生活之動感與古典精神之靜趣」；李敏勇讚譽他「用有銅繡的紙鎮壓著平整的紙頁，以帶著夜霧的濕涼語字編織他的詩」；路寒袖則從他身具「書畫詩文一體的藝術家」的角度，說他的詩「以文字鋪陳穿越時空的透明感，溫文之中隱然蓄積一股雄壯的氣勢」。這些佳評，說明了侯吉諒的詩作風格，以及他善於融書畫之雅趣於詩作之中的特色。

的確，在當代詩人中，侯吉諒是少數以書法名家的一位。一九五八年出生的他，從年輕時就以詩聞名，在崛起於一九七〇年代的戰後世代詩人中，以濃厚的古典文人韻緻，而又帶有冷洌、銳利的現代性，自成一家。在古典與現代、感性和知性的雙軌中，他總是以穩當的前進姿勢，琢磨想像與真實之間合理的奏鳴。一九九一年之後，他師承文人畫大師江兆申，進入書畫世界，研磨既久，在書畫篆刻的藝術創作上更上層樓，已在臺灣、日本、美國舉辦數十次個展，成為台灣當代書畫名家。

這本詩集《連篇交響詩》與前一詩集《交響詩》的出版，相隔二十一年，顯見他二十餘年來專注精力於書畫之間，致使詩作銳減，所幸他並未忘情於詩，年年均有新作發表，累之積之，終於成此新著，自屬可喜之事。詩書畫本為一家，且能相生相濟，互為融通，侯吉諒以二十餘年沉潛書畫為磨石，砥礪出來的詩篇，自有其足資參酌、值得賞讀的價值。

書名《連篇交響詩》，意味這本新出詩集與前一部《交響詩》的關聯，顯現兩部詩集在創作主題上具有延續性；在風格和情調上，也具有一貫性。其中，《連篇交響詩》的「輯二 文房風景」所收諸篇與「輯四 花與茶的心事」所收〈香水〉、〈交響詩〉兩篇來自《交響詩》，其他均為新作。舊作的置入，既顯現了詩人對這些詩作的珍愛，也有強化新作與舊作之間不可分割的精神承續的作用，此亦詩人以「連篇」題名於「交響詩」之上的用意，可以理解。

《連篇交響詩》計分四輯，就主題和性質來看，「輯一　墨色如詩」和「輯二　文房風景」是相互連貫的，透過二十餘年浸潤於翰墨、文房之間的體驗和感受為主題，提煉、轉益而為詩。輯一多為臨帖有感而發，寫〈蘭亭序〉、〈寒食帖〉、〈花氣薰人帖〉、〈赤壁賦〉、〈洛神賦〉……等名家書帖之詩，他以酣暢淋漓的現代語言，試圖再現古代書法名家的氣韻；又以放言落紙的臨帖心境，詠嘆歷代書家的人生行止。筆墨情懷、前人典範，一一入詩，寫出了一位現代詩人、書畫家的悠悠懷古的情懷，兼有與古人對話、以墨色成詩的新意。

「輯二　文房風景」計收九首與筆墨紙硯等文房四寶為題材的詩作。這些文房四寶，如饕餮獸面銅紙鎮、細雕山水竹臂擱、雪色粉金紙、素面精鋼裁紙刀、宋式天青瓷水滴、明坑舊工芙蓉印、古玉玄冰松煙墨、冬狼新穎蘭竹筆……等，無一不是詩人日夜相伴的書畫工具，也是書家日用愛藏的精緻珍品，以之成詩，賦予這些具有質感的書畫古玩全新的生命感，鮮明呈現了侯吉諒的敏銳、細膩和柔情。輯一寫人、輯二寫物，兩輯併觀，既可看到他對於古典書畫的全新詮解，也可看到他融匯古典文化於現代詩作的獨特技藝。就題材的創新和書寫的技巧來說，侯吉諒堪稱為現代詩壇以書道題材入詩的第一人。

「輯三　詩在時間中綻放」與「輯四　花與茶的心事」所收詩篇，則是侯吉諒內在心靈世界的展示。他論詩、憶童年、寫成長，也詠花與茶，通過詩，訴說他的情愛意念、日常歲月、生命情懷；也通過詩，他寫台灣的四季、自然、社會與文化。從他的詩篇中，可以看得到一位現代詩人出入於生活與現實、古典與和現代、乃至時局與社會的種種觀照。用情之深、憂勞之殷，動人十分。在意象經營和表現手法上，他以抒情婉約之筆寫人間情愛，以景物之象徵拔高詩旨意境的功力，也頗有可觀。本詩集的壓軸之作〈交響詩〉，雖屬舊作，仍饒富新意，詩作以上下對稱的形式完成，猶如兩部合聲之相互應和；可以先讀上段，再讀下段；也可由上而下，逐行閱讀。此外，此詩透過樂器和音聲，模擬宗教聖樂；也透過意象的紛繁映現，寫出情愛的多折，已成經典之作。

作為與侯吉諒在詩路上同時出發的老友，我欣見《連篇交響詩》的出版。這本詩集既是侯吉諒早期古典、抒情和人文詩風的延續，也有他別開生面、獨力開闢出來的新詩路：是他用二十餘年研磨書法的功夫，提精煉神，用毛筆和墨汁寫出來的、極富特色的「書法詩」。二十一年前《交響詩》出版後，我曾撰寫書評，指其為一本「想像與真實相互交響」的詩集；二十一年後的今天，展讀這本《連篇交響詩》，則在流淌墨香的詩篇中發現，相互交響的不只是想像與真實，還有更深醇的翰墨和詩意，以及其後彰然可見的古典底蘊和現代情思。

# 目次



輯一

## 墨色如詩

用毛筆寫詩
是我數十年來的習慣和享受
於是筆墨情懷 前人典範
都一一成詩

輯二

## 文房風景

每一枝毛筆都有它的個性
每一張紙都有其獨特的風情
精緻的文房器具提升了書寫的
色聲香味觸法
以至技進於道

輯三

# 詩在時間中綻放

詩是最精緻的文字與心情
反反覆覆的修改 不是雕文琢句
而是想要清楚表達
許多難以言說的感覺

輯四

## 花與茶的心事

花開時會有陽光的聲音
茶葉掩藏著月光的心事
因為，詩是想像的精靈

輯一

# 墨色如詩

用毛筆寫詩
是我數十年來的習慣和享受
於是筆墨情懷、前人典範
都一一成詩

# 〈蘭亭序〉的春天

春天，是寫〈蘭亭序〉最好的季節
一筆一畫都有春天的氣息
一千七百多年來，不斷重複的春天
不斷重複的書寫，數不清的人
一再重複的練習筆法、結構
以及，春天寫字的心情
微醉，如初戀的忐忑和興奮
筆尖極其細微的顫動，遊絲纏繞著
比不經意的眼神還飄忽
不敢交會而刻意掩藏
如難以察覺的風，在台北

暮春三月，還有一絲冷意
在我八樓的畫室陽台，吹過盆栽上的初葉
落到廣興紙寮新做的仿宋羅紋
楮皮纖維緊緻密實，泛著蠶繭微光
據說當年王羲之也是在這樣的紙上寫字
帶著輕微醉意
愉悅記錄那場精心安排的聚會
最風流的人物與最美好的日子
流觴繞著曲水，盛著美酒
懸浮在時間之中，穿越無數的朝代
流進我的書桌，從年輕到現在
從翩翩少年到蒼蒼白髮
在詩與夢之間，始終流淌著墨香

看似風般流動的瀟灑筆法
其實點畫重如落石
像獵鷹斂翅俯衝，疾速而下
筆鋒緊緊釘入紙面
隨即翻飛騰起，在空中迴旋、轉身
再衝刺、釘入、騰飛、迴旋
筆法如劍，劍在烈火中反覆焠煉
剛強柔韌，似冬天初生的狼毫
鋒尖可以切開風聲與雨勢
把濃厚的墨色深深寫進潔白的紙裡
愉悅的心情，二千年後依然清晰如昨
太舒服的歲月，令人感傷
太美好的生命，讓人留戀

王羲之說，古人對生命的感慨都是如此
後人看到我的這篇文章，應該也是這樣
在台北的三月，我的感覺正是如此
春天的空氣中有花開的聲音，以及
逐漸遠去的花味，以及
越來越濃的墨味

# 東坡〈寒食帖〉

原本只是一個尋常的失眠的夜晚
因為你的詩你的字
而成了一則傳奇
雖然，詩中那盆海棠花
應該早就開過、謝了
你似乎感覺，生命中的春天也過去了
很多東西都在凋零，剛剛過去的春天
已經秋天般蕭瑟、清冷、無奈
那場雨已經下了數百年，一直沒停
你潮濕的心情似乎永遠沒乾
這些你都寫成詩，寫在那天晚上

微弱燭光下，整理詩稿時寫的字裡
墨色烏黑如昨，但你說頭髮白了
因為生病的緣故
想必更因心情灰暗
起初你的筆畫有些猶疑
精神很難集中，如搖晃的燭光
常常有錯字、漏字，思緒中斷
如人生錯誤的步伐，被貶黃州
何等巨大的挫折，就因為寫詩
竟然被捕、下獄、折磨
幽居三年的苦悶如長雨深夜無眠且有風
風聲雨勢中的小屋如盪舟
更動盪的，當然是你的思緒

這些都在你的詩裡
你的字，濕葦橫陳
乾柴亂堆，沉重如家鄉的墳墓
雜草叢生於粗石砂礫之間
這樣的窮途末路，連哭都沒力氣
連冰冷的灰燼都吹不動了
哪裡還有瀟灑、風流與自在
然而，詩中那盆海棠花終究曾經盛開
汙泥般的錯字也掩藏不了
胭脂色的嬌豔，你寫錯方向的筆畫
極細的遊絲神妙流動
記錄著瞬間的轉動，那是
歷史上從未有過的一筆

花泥纏繞，刻骨般深入紙裡
然後又在紙上盛開
動人心魂的嬌豔
似乎預言著
從此之後再也沒有人能夠
成就的文化意象
即將在你的字、你的詩裡
完成，在不久的將來
在一個叫赤壁的地方

註：北宋元豐五年，東坡貶黃州第三年，作〈寒食帖〉，詩文皆沉鬱蒼涼，同年秋，有〈前後赤壁賦〉，飛揚豪邁，開文學新氣象。

# 黃山谷〈花氣薰人帖〉

在高解析的液晶螢幕中你如此生動
自然，如山頂的松樹，枝幹伸展
似修長的筆畫，向左右兩邊跌盪
一波三折的筆法
據說是觀察船夫撐篙所領悟
竹篙先深插人水，雙手若緊若鬆的用勁
向後擺動，再向前，再向後
江水悠悠，不起一點漣漪
而江湖間卻已經傳開你的故事
在桃李盛開的春風中，酒意盎然
濃濃的墨色，滲入楮皮蠶繭般的表面

十六歲少女的肌膚那樣緊緻
在夜雨的燈下，微微有光
眼眸清澈漆黑
只那麼無言低首的樣子
就令人驚艷銷魂
眼神一瞬，江山都為之震動
這一切，都彷彿只是昨天
才剛剛落筆寫下的詩篇
高解析的畫面美得令人屏息
你運筆時的呼吸在紙上
化成筆畫，與纖維纏綿悱惻
像極度的歡愛，融入所有的思緒
抽離所有的感官，進入

一種深度的禪定之中，色即是空
空中卻有一種騷動，空即是色
色不異空如墨中有字
字在墨中是空不異色
沒有字的空白，隱藏的意思更多
絕美如風中之水，如水中之月
眼前的你，沒有毛筆和紙張
沒有墨色與詩句
只有當下寫字的動作
只有一股若有若無的花香
讓你忽然回到春水的船上

起起伏伏，如中年的心情
回首，那花盛開的夜晚
竟然已有千年

# 趙孟頫〈赤壁賦〉

字帖放大之後，才看到
你優美柔媚的字體，其實
蘊藏著驚人力道，如赤壁古戰場
沉寂千年的肅殺氣氛，忽然揚塵而起
你運筆頓挫，上下震動
掀起江間強勁的波濤撲向紙面
打裂岸上的巨石，打裂歷史
已成市井小說的傳奇故事
傳來戰鼓急播的高音號角
衝撞密布的戰船，不斷迴盪
急促的腳步，你運筆如電

卻從容如周瑜，手上輕揮的羽扇
談笑指點，音樂中的節奏
片刻之間，東坡與客人就到了江上
輕巧靈動的筆法，如江上的煙波
映帶著，裊裊的簫聲
寂寞沉沒江底，生鏽的鐵戟
片片剝離，東坡居士數月前暗淡的心情
終於有了夜遊泛舟的興緻
而且還帶了酒和朋友
江上的清風輕柔如筆畫的遊絲
典雅的筆法寫著山間的明月
寫著東坡的放逸與曠達
寒食帖裡濕葦般的冷鬱已一掃而空

曹操橫槊賦詩的豪情神采飛揚
氣吞江山的氣概在你筆下栩栩如生
在台北三月的春分時節
你筆下的赤壁賦，如此風光明媚
點畫精妙，只有放大再放大
才看得清楚的毫芒細節
微動如眼神的輕輕一轉
江面上的風就彷彿帶著醉意
江裡的波浪起伏如催眠曲
夜已深沉如楮皮上濃黑的墨色
似乎，該回去了，回到岸上
或是你一再夢見的江南
然而這時的情調太好

太適合再來一盃，不宜早睡
然後再一盃，直到窗外泛白
你的筆墨開始有重疊的影像
讓人半醉半醒，如是悠悠
數百年，像你之前數百年的那晚
東坡夜遊赤壁留下的歌聲
還在不斷迴盪

# 意臨〈洛神賦〉

黃初三年，曹子建離開洛陽
準備返回東京
隊伍儀仗並未喧赫如陽光下閃亮的兵器
他輕車簡從，如一襲瀟灑的青色儒衫
緩緩前行，在路上
洛水女神，宓妃，讓他神魂顛倒
七步成詩的他，這次卻一再遲疑
反覆再反覆，不斷修飾文句
竭力要用最秀氣華麗的文采
描繪那女人的身體與風情
數十年後，這個故事

王獻之改用書法，重新說了一遍
精微的筆法，彷彿凌波微步
一步步都散發著芬芳
宛如我新磨的古墨
有麝香與冰片的味道
混合著新作樟木硯盒的清香
像她朱唇輕啟的口氣
說與不說，都有一種掩不住的風情
寫與不寫，或者也沒那麼重要了
但既然寫了，無論如何
筆法總是忍不住的搖曳生姿

似風中垂柳，數百年後

在臨安的皇宮內
宋高宗趙構一再沈溺於〈洛神賦〉
為文字、為書法，也為文字裡的女人
無視眾多宮嬪花般艷麗與寂寞
他全部的激情都化為草書
在雪白的紙牋上奔放，無法克制
也無法追索，文、字、筆墨裡
那女人的嫵媚與莊重、端莊與風騷
難以形容的風姿與神情——
似仙非仙，似妖非妖，似人非人

直到趙孟頫，才出現
天女散花般的筆法，那是

雪在風中飛舞的姿態與迴旋
穿梭在春天的松樹間
松葉嫩綠如滴，與宓妃的眼神一般
在陽光初升的早晨，在雪白的窗下
款款述說的情懷
像硯台裡如油如膏的濃濃墨色
浮泛七彩的反光
讓人無端覺得，寂寞是華麗的
而感傷，如是甜蜜，如是
可說又不可說

# 精臨〈蘭亭序〉

永和九年，歲在癸丑
暮春三月，溪邊的微風
一千七百年後
仍然吹得令人無比舒爽
你用精微的筆法記錄此事
點畫之中略帶醉意，都怪
曲水上的羽觴一杯接著一杯
總是流到你面前
舉飲之際，不免灑出幾許
落到你的筆墨之中
你一飲而盡，放下酒杯

縱眼望去，遠的是茂林
近的是脩竹
清流與激湍穿梭其中
映帶著服食五石散後的興奮
這樣清朗的天氣
最適合寬衣解帶
禮教與道統不妨都放浪形骸
你要大家都寫點詩，抒解一下
悶了一個冬天的筋骨和心情
那些政治上的鬱悶與際遇的不順
都隨著流水去罷
你舉目四望，看見大家或聚或散
或共飲或獨酌，忽然感慨萬千

想到人生是多麼的短暫
曾經在意的得失多麼令人疲憊
那些有的沒有的牽掛與追求
遠不如這樣的春天痛飲幾杯、忘懷一切
你的思緒蹁躚似蝴蝶
鼠鬚筆在蠶繭紙上跳躍迴旋
似乎早就預料
千百年後將有無數人
將會感慨著你同樣的感慨
一遍遍地臨摹你的書法
一遍遍複習這一天
你提筆寫字時的心情

# 春天的筆法

墨要新磨，下手宜輕宜慢
先注水如珠，在精潔的硯台上
素手拂花般，以熱釜融蠟的溫柔
磨出濃濃的，春意般的墨色

春天的第一筆要晨陽明亮
灑然在空中飛旋
緩緩在雪白的紙上，輕輕落下
沉睡中的初生的吻
纖細的毫毛微微張開
深沉的墨色反射著光，輕快如歌

在筆畫結束的地方向上收筆
再向左下迴轉，接入
第二筆的起筆
以風行水上的歡樂向右輕馳
再歡快右轉左行接第三筆
那是沉著穩重的大地
萬物在這筆之中，全面甦醒
樹葉在長、草在發芽
充沛的春意在根部流動
寒冬雪意全面融化，飽滿的墨色如春意
漲滿的生機向四面八方如筆鋒鋪散
如水上的光反射，筆鋒停駐而勁發如箭
從春天的頂端高高落下，帶著春雷的聲勢

破開雲層、霧氣、地表
暢快的筆畫自天而降，勢如奔騰的劍氣
化而為龍為鳳，向上翻騰再迴旋下轉
一波三折，不斷累積的力道與快意
幻化成人，頂天立地

一波三折的筆畫之後，力道回收
無往不復的筆勢，再向下開展
飽滿有力的太陽面帶微笑
向光明遍照的人間點了點頭，射出
耀眼的光芒，說，這就是
春天

# 春天的墨色

## 之一、松煙

那些後來寫在筆畫中的心事
松煙般，先是慢慢融解在
金星水浪羅紋硯中
起初清澈如水，妳凝視枝頭的眼神
如初蕊的櫻花，在春天的傍晚
而後逐漸濃稠，入夜之後
在溫暖的旅館中磨墨寫字
用光滑細潤的狼毫筆
小行書輕輕重重的筆法，彷彿

燦爛滿開的櫻花在風中起伏
深深淺淺的墨色
都寫在雪白的紙上，在春天
在溫潤潮濕的夢裡

## 之二、油煙

妳烏黑濃郁的髮色
如精製的墨，來自頂級的桐油漆煙
用了宮廷獨特的配方
必須細細研磨，墨色才會溫潤
寫在紙上才會明亮如漆
沉穩如夢，像仿宋羅紋的唐朝麻紙

散發著神秘的味道
據說來自麝香，最能誘發想像
讓思緒自由聯想
翩翩似春天的蝴蝶
在盛開的中櫻花中穿梭
顏色艷麗的翅膀快速振動
上上下下，如行書的筆法
行雲流水般，寫著春天

# 如畫

起風的時候，窗外
陽台上蘭竹狹扁的長葉如削如切，
將時間削成季節，把空間
盤古開天般一斧一斧地切成了
山水。招展起伏，如從容的筆意，
輕輕在墨色淋漓的宣紙上拂過。
我極目遠眺，眼光
深深埋入水分飽滿的松林，
一條蜿蜒小徑，若有若無，
在重墨與輕染之間，向晚時分，
走入深瓦濃牆的林屋，

屋內，無人，四壁如風，
風中有一股墨香在牆上游移，
那牆上斑爛的光線的陰影說：
「主人不在
雪深不知處的地方，
水邊，那株桃花正開著呢。」

但桃花在那裡呢？
窗外，水源快速道路才通車不久，
來往依稀，遠遠聽起來，真的像風，
再過去，就是河濱公園，
我每天慢跑的地方，
從未見過

有花盛開如精美的詩句，
只有遠山，在濃稠的車聲市霧裡，
在大廈與高樓的中間。

我緩步前行，
走過那株他年前才剛種下的扁柏，
枝葉早已茂密的櫻花、幾棵黑松和
樹下層層堆疊的墨韻，
就在墨韻深處
山勢陡然如壁，出其不意的，向天
猛然插去。不慌，不忙
一抹微雲飄下凌厲的山勢，輕輕一推
以太極拳的抱球推手，左抱球右轉身

雙手緩緩往外畫弧，向前
慢，慢，推出……，只見
天地順勢迴步俯身，繞過
季節的更替，
那株桃花，果然，在春天的黃昏，
在雲天交會、山水不分之處，
盛美如詩。

至於窗外何時風止，竟是
無意間的事了。從我八樓的窗口望出去，
月正中央，新店溪的溪水幽然有光，
像那股揮之不去的墨香，
至於蘭竹，那枝毛筆，

早已洗好吸乾，擱在紙鎮上，
在深夜的燈下，
在一個桃花盛開的夢裡。

註：本詩榮獲八十一年時報文學獎

# 秋行富春江

多水分的墨色淺淺畫在空白的宣紙上，
慢慢暈開，像薄霧在湖面升起，
微風吹過樹梢——
離開杭州的時候，西湖尚未醒來，
梧桐與荷花都還在白茫茫的空氣裡，安靜極了，
湖邊樹下打拳的老者馬步下蹲，
白鶴亮翅的左手畫過胸前，
緩緩推出的掌勢像霧的飄飛，
細細地，有不知外的鳥叫在漸囂的市聲裡，
就這樣，我們經過埔里小鎮般景色的桐廬，
沿著富春江，黃公望畫山居圖那樣用筆疏淡的，

一座山頭一座山頭的，
經過許多山村與水鎮，經過
當年他徒步走過的
少小離家的心情。四十年了，江山，依舊如畫，
可以一一指點清楚，
每一個山坡與水口，
每一個景色，
都彷彿只是昨天，
那些重重疊疊的夏冬與春秋，
都清楚如重墨焦筆提醒的苔點：
橫者如舟，在逶迤的水面，
豎者像樹，在緩緩起伏的山巔，
至於那些歪歪斜斜的，便就是

山岩上的幾片落葉，沙洲上的一截枯枝，以及
題在水天不分之處的落款了。
落款中沒有寫完的心事，
全都飄散在雪白的宣紙上了，
其實，那雪白裡，還有幾絲淡墨，一些
乾筆擦過的痕跡，都是不易察覺的，
像到達深渡時，
他一向凌厲得可以解剖山水的眼神
突然泛起的溫柔：在富春江口，
新安江悠悠從山的另外一邊，
從家鄉的方向，
從見過千百回的夢中，
流了過來——

在兩江交會處，
葉烏篷船，安靜的在水上，
在彷彿凍結的時間中，睡著了。

註：八十二年癸酉初秋，江兆申老師應邀赴北京展畫，會後取道杭州，溯航富春江，返回家鄉安徽黃山；師母章圭娜女士、二姐江淑闇、老師孫女吳誦芬，友人李充志及靈漚館弟子周澄、李義弘、曾中正、許郭璜、李螢儒等諸師兄均隨侍左右；沿途江山秀美、歷代輩出畫人名家，江老師於山水之中指點四十年前舊事，並兼及中國山水繪畫之精神與技法。其情其景歸來後沈澱數月，因得此詩。黃公望，元四大家之首，所作〈富春山居圖〉完整呈現畫家之人格與思想，有中國文人畫最高典範之譽，影響茲後中國水墨甚鉅。

# 范寬畫與東坡書

江山如畫
是多久以前的事了？
它低頭看了看一身的裂痕和碎片
一再補過、修過和黏過的絹布與紙面
不敢相信，這就是人稱與山傳神
氣奪造化的筆墨

你呢？
寒食節裡，險險斷炊絕食的老弟
真有你的
烏台詩案的那一場牢獄之災

竟然沒有嚇破你的膽
遠遠從繁華京城流放到偏僻的黃州
你那一部大鬍子在癘霧瘴氣中竟仍飄逸如昔
夜半還有雅興偷搬海棠花
只為那一股幽香與潔白
直到「空庖煮寒菜，破灶燒濕葦」
那又濃又黑的煙才嗆得你不得不大聲咳嗽
即使「寒食帖」裡優雅典麗的書法
也掩飾不了你的困蹇與窘迫

然而你總是瀟灑的
像手卷的展開那樣雍容
柔和的光線下舒舒服服躺著

彷彿江邊喝酒、醉聽潮聲的自在閒散
直讓人不得不忘了
你身陷牢獄時的畏怖幾死
被酷吏虐打折磨時
連獄卒都聽不下去的哀號，以及
九百多年來歷經過的多少戰亂、水漬和火燒
不像我，縱使滿身老朽
皮膚骨頭都被風吹雨打蟲蛀過
總還是要高高站著
挺起參天的巨山撐住天地
讓中國的山水從此進入境界
讓山水的境界從此進入人間

但歷史終於仰天太息
沈重的口氣像它黧黑的面目
一片片碎裂的絹、失魂的紙
山岩般墜落，從水土流失嚴重的台灣
林中棲息的群鳥紛紛撲翅驚飛
駭動於噴射飛機的拔天而去
轟然似晴天打霹靂
溪邊趕路的人和驢都驚慌失措
這條路，已經默默走了千年
下一個村落，難道真的是
美國大都會，洋人的國度？
「風儀峭古，進止疏野，
性嗜酒，落魄不拘世故」的他

名字藏在谿山行旅圖的樹林背後
想到此去萬里
竟然也，忍不住的發抖

註：一九九五年紐約大都會博物館原計畫向台北故宮借展「中華瑰寶」，其中包括多件限展國寶，消息傳出，引起藝文界的罕見群起抗議，計畫因而中止。

輯二

# 文房風景

每一枝毛筆都有它的個性
每一張紙都有其獨特的風情
精緻的文房器具提升了書寫的
色聲香味觸法
以至技進於道

# 饕餮獸面銅紙鎮

那麼多的騷動隨時都可能暴發
沉沉的，我用一隻古代的銅獸壓著
不管風從那裡來
都要叫它平整如大地
豐盛的身體般伸展到天際
　光從左側的窗戶緩緩地安靜降落
　莊嚴的樂章般在紙上鋪展開來
可以放膽馳騁筆墨與思潮
捲起煙雲般，讓漂亮的律動留下痕跡
讓鬱結的情緒一層層積累
如土壤覆蓋山石，樹草叢生

陽光普照，風雨偶爾如潮汐
　樂章此時莊嚴如彌撒讚美的頌歌
　歡快的情緒像水上的光反射直上天際
這些，那古老的獸都安靜看了
都一一牢記在艷綠的銅鏽裡
像時間走過那樣真實
像銅的質感那樣沉穩

# 細雕山水竹臂擱

那些風聲雨勢我都還細細記得
烏雲如何密布，在陰鬱的心上
濕熱的低氣壓如何久久堅持
以致我竟期待一場暴風雪，在酷熱的仲夏
可以將季節的秩序推翻
鎮壓叢生的雜念如不可遏止的情思
當風雨來時
我閉目仰面，歡愉的張開
所有的葉片，光亮的水色流淌著
我內在的小小的空無一物的宇宙
這些山水的變化都化為其中的回聲

當有人用銳利的刀鋒將我剖開
細細的在我光滑的身上雕琢山水的形象
那些回聲便擴散出去
沿著山谷與水波
在拔根，斷枝，去葉之後，仍在堅持
當初迎風招展的綠意與強韌

# 雪色粉金紙

我收藏著一種紙
華麗如雪，如妳一身素白
在晚風裡款款向我走來
只薄薄的一層金粉
隱約反射著瞳孔的光如不可捉摸的心事
多次在春日遲遲的悵愁
以及秋天午後夕暉斑斕的迷惘中
我濃濃磨好珍藏多年的古墨
想要寫點什麼，寫點什麼
給不忍清晰辨別的自己
自己微傷的心情：

彷彿一場遠方寂寞飄落的雪
安靜下在我始終不敢著墨的
雪一般遼闊的妳的心上

# 素面精鋼裁紙刀

昔日江湖傳言
庖丁解牛之神乎其技
因為批其筋骨如風行竅孔
以致牛竟至死不知
血肉崩塌之前仍在咀嚼
青草的芬芳，反芻著原野的夢想
而我的紙卻在筋肉銷溶骸骨摧滅之後
猶纖維強韌，緊抱生前的纏綿
斷魂傷身，斷腸傷神，斷情，傷夢
莊周亦要有夢才能化身蝴蝶
成就相忘江湖的千古美艷傳說

然而我卻要有刀，薄刃長身
只消微微用力，便有一種分離的痛快
刀快而心痛，可以從此不再有夢
讓各種紙張各式纏綿都應刀而斷
柔順的被裁切成合適的尺寸
只拿來寫字、畫畫和題詩

我的刀無以名之，是友人自德國購贈
精鋼素面，有微光如木，牌曰：
雙人。

# 宋式天青瓷水滴

或者我竟然還陷溺在往日的哀傷中
昏沈暗夜，心情空盪如擁擠的城
忽然人群都散了，只留下
風吹過落葉的雨後廣場
死寂的暗巷，我大醉時搖晃走過
中斷的記憶
醒來時全忘了，只記得
惶亂的情緒如洶湧的酒意
那時妳在陽光下離我而去
並且微笑如初放的晨花
臉上猶帶著水滴，沐浴過後的素淨

如時代久遠的瓷色那樣安靜
曾經與一些碑帖、線裝書共同安置
在一個從容的、儒雅的心境中
在遙遠的繁華的年代裡
不知為何就被埋葬的，雨過天青的顏色
那是我
陽光下強撐笑意
看妳逐步漸漸遠去的神情

# 明坑舊工芙蓉印

人說玉面如芙蓉
我的芙蓉舊印則溫潤如美人
月光下微微發亮的素淨的臉
安靜極了，只遠方彷彿有聲音
風在樹梢，流星穿雲，而夢在翻身
美人在夢中對我微笑，她說
她說什麼其實並不重要
如那印文的齋館名稱究竟何意
反正我知道，一刀一筆都是心情
都流利如印章的薄意荷花
花葉纏綿，緊緊繚繞著根莖

深入夢的肌理與縐褶
在氾濫的若有若無的光裡

# 古玉玄冰松煙墨

給我你的精血我就給你豐潤的身體
我要最親密的接觸，時時刻刻
在你最溫柔的地方
要慢慢撫摸輕輕的，磨

然而通透溫潤竟然是
好久好久以前的事了——
那時天地玄黃，赤紅的岩漿自地心湧冒
我在無法訴說的熱情中奮力焚燒自己
直到肉身氣化，宇宙的怒雷與狂電
亦沈默無語。我在萬年不化的玄冰中

參透古玉濃綠油翠的雍容
教人凝神注視便墜入前生
不可思議的夢。黑暗無邊
有人在漆黑中用力捶搗
說一切愛恨終究是
顛倒夢想
我在火中燒，身受千萬杵
面目因烈陽的曝曬而完全黧黑

但你給我水我就給你雲煙
你給我紙我就給你文字
你給我光
我就給你從墨黑中釋放的
天地間所有的色彩

# 冬狼新穎蘭竹筆

塞外的寒漠與荒冷在春天的時候
終於柔順成江南最溫婉的
垂柳在風中搖曳時，蓮花般的歌聲
從竹林深處傳來

在光影交疊的黃昏
夕陽墨般暈開，在黝黑的瓦片上
時間疊著時間向安靜的屋簷下降
彷彿誰的心事，沈默如簷下的陰影
結著繁密的蜘蛛網

誰都沒有見過。我在台北的高樓
一一揣測那些陌生的季節與心情

酷熱三十六度的仲夏
用一枝冬天剛剛換毛的狼毫
在兩岸關係急速降溫的詭譎氣氛中
細細抄著自己
用愛情隱喻政治的
年輕時寫的新詩

# 西周「散氏盤」應用考

在上海骨董市場與我錯身而過的
那張拓本——散氏盤
如今又不期然的碰到了：
在我三歲半女兒的手上
她從我的書架上胡亂抽出
在隨便翻開的「故宮文物」某一頁上
歷經幾千年的銅色沈鬱內斂
像西周，一個古老得無法想像的名字
而那些銅鏽又如此艷綠
猶如銘文，清楚記載著
散、久兩國的罷兵和談、劃定國界

只是當年詳情如何
早已漫漶如不可完全辨識的文字
但我女兒說，來，爸爸，我教你看書
　這些是字
她小小的手指指著那些古樸的金文
　這個呢
拓片下方，有一張清楚的照片
在故宮恆溫恆濕的展示櫃中
尊貴的散氏盤安置架上如一國之君
彷彿包著一層寶光
　是煮飯的鍋子，可以裝湯
我大笑著舉起女兒歡樂的尖叫
我的手一向是她的旋轉木馬

這次激動了些，變成了雲霄飛車
心裡想著，是啊，是啊
想必就是因為有了這個盤子，所以
西周厲王時期的許多百姓
終於可以不再面對戰爭
可以在忙累的農作之後
回到他們夯土為牆的家裡
用那些易碎如他們平民身分般
價值卑微的陶缽瓦罐
靜靜的在夕陽下
安心煮飯，安心喝湯

輯三

# 詩在時間中綻放

詩是最精緻的文字與心情
反反覆覆的修改，不是雕文琢句
而是想要清楚表達
許多難以言說的感覺

# E小調情緒奏鳴曲

沉默的時候，請傾聽
我體內的聲音

不安的動機，如踩空的音符
懸盪在空氣中，隱隱約約
無可依附的情緒數字低音般
重覆又重覆，彷彿哀哀無助的告別
風中的眼神以及
雨裡忽然想起的過往
轉身而去的絕然中暗藏不捨
猶猶豫豫的旋律，吞吞吐吐

說不出的哀傷，只能承受
如生命承受歲月的累積，愛情承受
困難的記憶，休止符般
所有的音樂都在剎那靜默下來
天地回歸初始的空無
一切都還沒開始，一切
可以期待的發展都在剎那間
結束。但總有一種聲音如頑固低音
繼續在無人演奏的樂器中響起
思念一般永不止息
像空氣，充塞天地

# 詩的前半生

十八歲的時候
詩是一種初識玫瑰香味的情緒
用青春的美麗與哀愁培養
有不知名的成份叫愛情或渴慕
曾經一個名字就讓人覺得纏綿悱惻
何況清澈如水的眼神
風中的頭髮，以及裙擺飛揚的姿態
都美到令人心痛

三十歲以後
詩是一種不知如何的情緒

不年輕也不年老的惆悵
在街頭看見美麗女子走過的那種失落
出了辦公室卻不知何去何從的茫然
總是在月光下踏著自己的影子
有一種寂寞非常虛無
開始如影隨形

然後詩慢慢又轉換成一種
中年的心境
文字不再激情
如無糖飲料，沒有氣泡
養生，口感乏味
少塩少油，與食物素樸相見

詩句如血壓的高低，斤斤計較
每年體檢的各種數字
失眠的晚上越來越多
詩的題材如可以數的羊卻越來越少
半夜醒來就輾轉難眠
旅途上突然想不起來身在何處
陌生如久違的詩

至於老了以後
詩會以什麼樣的形式存在
就不容易預測了

一切就順其自然吧
是詩人，就會寫詩
不寫詩，也會讀詩

# 傳說

詩是墜落凡間的精靈
帶著美麗的光環，以及
哀傷的翅膀，在回憶中飛翔
四處張望悔恨的時刻
淚水早已蒸發只留下哀傷
在遺忘中閃閃發光
傳說般充滿晦澀的暗喻
意象清晰，如宇宙的誕生

# 詩的發生

我的詩，總是在夜半時分發生
無人私語，只有遠遠的車聲
風一般在高架橋上呼嘯而過
詩卻停留，一句一句自動出現
精靈般出沒我模糊的思緒
在半夢半醒之間
以超現實的方式連結潛意識
回音似的迴盪，我的確看見
詩意不斷展開
跳躍邏輯與真實的限制
彷彿一場突然插播的電影

夢境般演出
但卻真實，化為文字
就是詩

# 詩夢

不能入詩的來入夢
詩是空曠的夜空，星子隱匿
這城市的夜色，燈光如銀河聚集
慾望如謠言在身體內蠢蠢蠕動
蟲蛀的思念，如夢中迷離的星空
於是不能入夢的，紛紛
化成恍惚的詩句

# 路上的詩

在嚴重塞車的路上我在心中寫一首詩
遲滯的節奏如不斷的刹車、起動
起動之後一點點的挪移
低速前進的句子在遺忘和記憶之間
一再換檔、踩油門和刹車
詩的靈感緊緊跟著前車的動作
極難掌握的路況如詩的發展
一不留神便又出意念，紛亂散漫
如那些頻頻變換車道的駕駛
今天的行程與昨天未完成的計畫
要做的事，要打的電話

該連絡的人，都在筆記本裡
此時什麼事也不能做，只能
任憑思緒紊亂的呈現如不明的交通狀況，只能
在心中寫一首沒有目的的詩

我努力的記憶這些偶然出現的句子，直到
警察的尖銳哨子切開打結的交通
前面的車子突然速度加快
像猛然激射的箭
我亦緊急換檔深踩油門，當車速
歡快如憋了很久很久以後終於打出的
嗝，那些詩的意象，我看到
在陽光下奔馳
像一部部閃閃發亮的車

# 火車長笛

火車的長笛像看不見的手
夢一般穿過所有感覺的極限
輕輕籠罩，以一種看不見的氣流
按摩狂亂的神經衝動
金黃色的低音蜜汁般緩緩流過
僵化的脖子，乾澀的肩膀
大陸性冷氣團掠過西伯利亞荒野
在亞熱帶的盛暑七月
挾帶豐潤的雨水如蒙古草原的歌聲
在粗礪田埂的肋骨間迴盪，擴散出
嘉南平原春天時候稻子細嫩的綠色幼苗

漣漪般向遠處的山影層層盪漾
像童年時燃燒煤炭的火車，吐著黑煙
從記憶深處緩緩駛來
嗚叫長笛，迎面而來
轟隆遠去，不知去了何方
軌道上，是流浪遠方的嚮往
始終在記憶中迴盪

# 落葉

我難言高樓臨窗的姿勢宛如路燈
沈默的看著繁華的街景逐漸寂靜
車子來去如風，載走夜色
一名晚歸的男子撐著黑傘，彷彿暗喻
隱入暗巷，雨滴自傘緣滴落
他遠去的鞋聲充滿象徵
雨勢如不確定的意象
在風中四處亂飛
我無所憑藉的目光隨之飄蕩
最後在水流滿漲的小溪浮沈
像一片片落葉，隨波逐流

彷彿時間在夢中，失去季節的秩序
記憶的碎片紛紛浮現
混亂如不可解讀的
詩句

# 時間旅行

1

在月台上我揮手向你告別
火車轟隆隆鳴叫著汽笛離去
午後的陽光下我走在自己的影子上
像鐵軌那樣寂寞

2

冬天的陽光在斑駁的灰白牆上
留下一道道枝椏的陰影
廣場上那些小販安靜的陳列貨品
直到陽光傾斜，黃昏風起

3

他們在等待成長，在白楊樹下
安靜得像一群植物等待陽光
好奇的看著來自遠方的我
以及即將留住時間的相機

4

火車穿出隧道時我突然回到過去
那些熟悉陽光與稻田的日子
只是玩伴們不再追著火車又跑又叫
畢竟，童年已經老了

5

我現在只適合坐在樹蔭下
遠遠看著女兒們在小學操場互相追逐

她們的尖叫和笑聲像小黃蝶的翅膀
反射著一小片一小片令人暈眩的陽光

6

風琴聲如搖動太湖船的波濤，那是
父親長著厚繭的指掌風般輕柔
輕輕滑過我幼年的騷癢的背
在許多該睡而難眠的夜晚

7

大哥在逆光的醫院長廊轉身回望
他不穩的腳步就停在那裡
我急急向他跑去，二十年了
我叫他的聲音仍在陰暗的長廊迴盪

8

被激怒的父親抽出他做衣服的長尺
猛拉住我的手，暴烈的刷打下來
天地彷彿都要被打裂了
厚重八仙桌腳的傷痕如今仍清晰可見

9

將飯菜上桌後母親即轉身離去
只聽見她的腳步聲遠遠響著
黑暗中豬圈激烈的騷動著
群豬搶食的叫聲

10

雜草糾葛著叢生的野樹
烈日下我奮力揮刀，滿手傷痕，直到

祖父墳上的火勢暴烈蔓延
燃燒著我和他未曾謀面的記憶

11

撿骨的人走了，留下
未朽的棺材在燃燒過的雜草中
一年一度的清明烈陽
曝曬不知多少歲月的月光

# 入夢

昨夜你來入夢，提醒
我早已遺忘的如煙往事
你的樣子，依舊彷彿初開的晨花
霧般微笑，在如風的眼神中
遙望著遠方，好像
凝視著風景

# 京都大雪

原以為冰冷的夜會封凍所有的心事
未料失眠的清晨竟下起鵝毛大雪
紛雜的情緒在三十三層樓高的旅館外狂亂飛舞
從零下十度的北京，一路撲向
玄武湖旁的六朝舊都，這世界仍酣睡未醒
我安靜站在寬廣的落地窗前
看著窗外大雪紛飛，遙遠的地面人車稀疏
零下幾度的冷風吹進來，深切想念起台北
溫暖而寂寞的家，渴望看見
雪白床單上，一頭烏黑的秀髮仍然披散在
紅樓夢般始終未竟的情節

但我們的情節已終止如刪除的舊檔
我無可如何的思念如找不到伺服器的電子郵件
在網網相連的網路中被分割成碎裂的封包
在奔流不止的電子世界，無家可歸

在荒冷如大雪的數位世界
我不斷搜尋妳的檔案
同時努力釋放和妳有關的記憶
希望像大雪那樣用空白覆蓋大地
然後關機，然後把一切的一切
都鎖在隨身攜帶的手提電腦裡

# 月光

唐朝的月光簫聲一般
穿過歷史的想像
總是在早上第一節課
就與書包內的便當一起發酵
滿口鄉音的外省老師
搖頭晃腦的吟哦
情緒激動如發表告全國同胞書
帶領大家呼口號般朗誦
李白的月光與鄉愁
穿過戰敗的浪潮、渡過台灣海峽
最後在基隆港口，紛紛吐成

苦澀如青春歲月的膽汁
外省老師回過神來
數十年已經過去，像風吹書頁
彷彿當年從山東一路顛跛南下
同學們結伴而行，興高采烈
好像只是要出去遠足
腳步輕快如花腔跳音的牧笛
穿過不知名的村莊與山路，直到
一次又一次的夜晚緊急集合、倉皇趕路

彷彿不遠處就有敵軍洶洶追來
課本裡的月光再也照不到他們
苦苦思念的家鄉與人生。整整超過四十年

我一再複習當年老師教過的鄉愁
慢慢才發現，月光還是同樣的月光
只是不在唐詩與宋詞中
而是在嘉義鄉下
一個叫義竹的農村，在八掌溪畔
一年四季都有海風與山雨
那裡的月光照在稻田上
被海水泡過般
鹽粒似的晶瑩

# 台灣四季

台灣的天空，春天的時候，總是吹著微風
輕輕、悄悄的，就不見了寒冬
從嘉南平原到台北盆地
抽芽的稻田，養殖場的水邊
學生們年輕的腳步、上班族匆忙的身影
都充滿生機，一片欣欣向榮

夏天的午後，台灣的天空，總是雷聲撼動
最可怕的是來了又來的颱風
每年總有酷熱的夏天，夏天總有
溪水暴漲，土石流轟轟隆隆，總有

不幸的同胞失去親人、家園，讓人哀痛
伸出你的援手，他們，都是我們的弟兄

到了秋天，台灣的天空總還有陣雨雷動
常常是一聲霹靂忽然烏雲就籠罩了晴空
彷彿花東海岸的驚濤駭浪越過了玉山主峰
大雨傾盆，像上帝在洩洪
台灣，永恆的船艦，破浪乘風
直到中秋，銀色月光灑滿大地
翠綠的山巒才逐漸，掩上白芒與紅楓

強烈的寒流總是千里迢迢，侵入台灣的天空
合歡山總是率先下雪，預告著就要來臨的寒冬

街頭行人拉緊著自己的衣服，頂著冷風
上課、工作、放學、下班，台灣的腳步依舊只是
向前衝，如同四季的春夏與秋冬
我們在這裡生活、學習、成長，一如
季節的輪迴，永恆的時間的流動

# 羊齒植物

政客像熱帶雨林生長快速的羊齒植物
緊緊咬住任何可能的機會，以及
誤導敵人的謠言，風吹起時
孢子般灑向天空，四處飄散
他們隨時隨地的繁殖
勝利和挫敗都是生存的方式
落地可以生根，截枝可以發芽
當選舉如濕熱夏季的午後雷雨
一次次侵襲民眾平常的生活，佔據
媒體的焦點，他們迅速生長，切入
任何可能的空間，搶奪空氣與水份

激情的手勢如飽滿的複狀羽葉
像一隻隻的拳頭，一排排
從不封閉的牙齒，吐出
美麗的承諾和惡意的攻擊，以及
漂亮的謊言。他們習慣這樣生活
用牙齒不斷向上攀咬

# 同學會

時間彷彿在三十年前高中畢業那年驟然停止
猶豫了一下，在酷熱的夏天
等待聯考放榜，然後，繼續向前，
如夏天午后必然的雷雨，沛然而下
校園灰色的屋頂，承接淋漓的甘霖
淹沒即將畢業的惆悵
記得那時，總是一個人
騎著腳踏車到安平
水邊的木麻黃樹迎風招展
海風吹過的聲音
隱約有一種蕭瑟的情懷

規律的潮聲交織成不知如何的
年少的寂寞。外海的波浪
延伸天際，那時的志向
就像遙遠地平線上，模糊的輪船
並不清晰，看不出航行的方向
注視良久，似乎就停在那裡不動
等到再想起來，卻已消失無蹤
那是未曾忘懷
卻早已模糊的記憶
老同學說，你是四十六號
都坐在教室後面，他的神情
還是當年的樣子，只是胖了一些
也老了一點，頭髮白了許多

大家不都一樣嗎？有人這樣說
他像小鎮的醫生，在衛生所裡
每天為環境的消毒和蚊子煩惱
很少用網路，仍然喜歡寫書法
原來，那是台南一中校園裡
繁忙課業中，在聯考縫隙生長的
一株文藝的玫瑰，在音樂教室前面
在高大榕樹的陰影裡
在導師教官的軍訓口令中
在汗流浹背的基本動作訓練中
化作清涼的歌聲，遠遠的
甜美記憶般，遠遠的傳來

註：二〇〇八年四月五日中午，在台灣赤崁樓對面茶館，與台南一中畢業後與同學首次重逢，老同學見面，早已模糊的記憶竟然歷歷如昨，因成是作，到會同學有王元圃、楊承霖、余約瑟、楊鎮源、洪水樹。

# 既見君子

既見君子，我心且休。

——詩經小雅〈菁菁者莪〉

經過漫漫長長的追尋和期待
最後才知道
原來你是我最終的等待
那麼多一再的失落與傷害
只是為了等待，你的存在
從此再也不必在孤獨的幽谷中
桃花般寂寞盛開
再也不怕春風無端吹來

蜂蜂蝶蝶忙碌的採採
從此歲月可以平淡靜好
這一切，只是因為有你
自然存在

# 京都午後九行

京都午後，山區暴雨
雷鳴滾滾，如不安的深秋
即將有一場大雪
黃昏的鐘聲飄過低垂的松枝
在千年的院落徘徊，飄過
木質的地板與窗櫺
直到夜深時分
才悄悄降落白色的石階
化為滿地清冷的月光

# 京都詩鈔

一

陽光下消融的積雪，自青瓦上掉落
那是春天回到人間的諾言，潮濕而厚重
噗的一聲，落在鋪滿松針的庭園
一滴滴瓦上掉落的雪水，冰冷而清澈
則是春天不變的誓言

二

黃昏時，徘徊在松枝間的濃霧
入夜後終於凝結成青色寺瓦上
一層薄薄的月光，那是早春的殘雪
在黎明時分，因為徹夜等待

凝結為滿地相思的露水
在陽光出來的時候
又化為茂密林樹間鐘聲般的晨霧

三

垂枝紅梅艷艷開在新糊的紙窗前面
陽光穿過茂密的櫻枝，留下淡淡的
早春般的，淡墨渲染的心情
窗旁是老舊的木門，門後
是古寺深靜的經堂
觀音遠遠坐在微暗的光中
木魚與蒲團都整齊的排列著
一股似有若無的幽香
飄出室外，在乾淨如洗的長廊上

清冷的風吹過，一枚白石
壓著一疊不知是誰寫的詩句：
京都殘雪

四

溫暖的室內感覺不到冬天的冷冽
窗外的積雪看起來只是清涼
如薄薄的一層月光，彷彿宣紙上的淡墨
在子夜時分悄悄的落在
老松與古柏蒼勁的枝幹上

五

白牆上的松影似乎是妳
微妙的心情，只是輕笑與
回眸，松間的陽光照著青瓦上盈盈的白雪

安靜的古寺內一名老者專注的打掃
松下的落葉，鋪滿小白石的庭園
妳坐在木廊上，淺淺的心事
如廊上白牆裡，隱約的松影

六

在長長的等待之後
寒冷的陽光終於衝破厚重的雪意
笛聲般穿過雲層，迴盪山谷
如風中的梅花，冷到極處

七

當所有繁華的心事都紅葉般逐漸凋零
才知道在冰封的季節，原來
雪是寂寞的光

寒冷的大地除了黑，只剩下白
以及梅花，木魚般簇放，急促而綿密
在千年古寺深沈的木窗後面響起
像誰，掩藏不住的心情
直到一句鐘聲忽然悠揚雲霄
才看到有人，穿著一襲嫣紅的衣裳
在竹林深處，遠遠走過

八

她櫻花一般站在掉光葉子的枯樹下
欲說還休的眼神，如輕飛的水鳥
掠過寒冷的河川
最後停在，我的心上

# 櫻漸滿開卅三行

一、
寂靜是四月的春光
在松、石、水、波之間
而櫻花未開

二、
春天不適合哲學深思
因為櫻花開與未開都是問題
如同繁華與寂寞很難分辨

三、
銀閣寺的枯石庭院始終潔淨
遊客們擁擠如松針緊簇

水池波平如鏡，雲影在天

四、

松枝蜿蜒的光影
在青瓦上伸展、徘徊
填滿瓦片間的時間空隙

五、

遊客都走了以後
三十三間堂的碎石小徑，久久
才偶而響起僧人走過的聲音

六、

優雅的枝幹長長伸入
春天的風裙之中，上下左右探索
清水寺前，垂櫻臉紅似梅

七、

遊客離去之後，寺門深鎖
千年的木佛放下莊嚴的手印
呵欠伸腰，抖落眾生所有的祈願

八、

泛黃的桐木盒裡墨錠精巧深沉
九十三歲的老墨師昔年為妻所製
店外的古梅蒼虬安靜

九、

玄裳素衣的僧人俯跪垂首
仔細擦拭百年迴廊的木板走道，無視
庭院中燦爛滿開的櫻花

十、

春色終於在虹橋的那頭等我
宇治河畔櫻花滿開如艷麗情人
暮色尺八般縹緲，纏繞枝頭

十一、

旅店的玻璃帷幕反射著耀眼春光
小公園內，櫻花滿開如堆雪
風吹過，櫻落亦如雪

輯四

# 花與茶的心事

花開時會有陽光的聲音
茶葉掩藏著月光的心事
因為，詩是想像的精靈

# 花的聲音

## 一、荷必是花

清晨的陽光氣味如夢
荷花終於在昨夜的露水裡開了
遠霧中的山水迷濛未醒
在白楊與垂柳之間
有人
看見花開的聲音

## 二、花聲

花開的時候
我彷彿聽見陽光

穿透晨霧的聲音
在妳的胸口迴盪
露珠般在荷葉上不斷滾動
遠方山區的隱隱雷聲

# 睡蓮

妳是一朵失眠的荷花，夜深之後
仍清醒如冰涼的露水
所有的慾望都在夢中，沒人能進入
妳緊緊包裹的葉瓣是尚未成形的意念
只隱約有一種惆悵的情緒，徘徊又徘徊
如窗外漸濃漸重的夜霧，不斷下墜
空曠如星夜的身體啊，時間般荒冷
像風，吹過水面，漣漪蕩漾
一再重複的騷動，沒有人看見
妳以最美的姿態努力舉起自己
龐大的花蕊壓彎了花莖，在風中

搖擺似閃爍的眼神
不斷膨脹的蕊心閉鎖著
難言的心事，那些
無法訴說的意象，也許等到清晨
陽光出現的時候
就會漸漸綻放成
一首美麗的新詩

# 長相思

我抬頭，在風中仰望
衣裙飄飛，那是思念的姿勢
我舉手揮舞，假裝遠方傳來你的消息
但風聲獵獵，穿過我的眼眸我的指掌
只留下一絲絲的寒意
像星光那樣微弱

# 臨風而望

你臨風而望，頭髮飛揚的姿勢
像北風中飄搖的荻花
風中有海的味道
有一種哀傷的鹹味
無言的在你風中的眼神中
悄然滑落。
但撼動天地的風勢也無法動搖
你遙望的眼神
彷彿在搜尋，海平面上的
遠航船隻，一種多麼遙遠的
存在

# 風露

如果你是隨風而去的影子
我便是風中哀傷的眼神
因為苦苦企望而悄然滴落的
露水，在濕冷的臂膀，
慢慢凝結，再滴落
時間的聲音，在風中迴盪

# 香水

如果把妳所有的寂寞收集起來
用時間加水調和
花的精靈發酵之後
會變成一首詩嗎？

美麗是一種液化的心情
裝在青春那枝高純度的水晶瓶裡
日漸豐美的毛髮如宇宙的初生
情愛的心情如神奇的光，佈滿天際
身體向情慾成長，敏感如貓
在寒冬看得見春天的顏色
在風中聞得到夢的味道，在雨中

聽得見玫瑰開花的聲音
初生的火在冰中燃燒
在燃燒中釋放
絕對零度的騷動
紛亂的心情如細胞快速分裂
體內深處，一個新的宇宙在劇烈核變
像革命的發生那樣真實
而又那樣遙遠，像永恆的天空
天空冷漠的表情千變萬化
從深藍到淺紅，銀粉如雪花飄落
妳風般的眼神閃過一絲溫柔的霹靂
天際雷聲滾滾，我知道那是妳
沈默不語時，體內的回聲

# 空轉

我如是清楚感受到你強壯的肩膀
向下探索的欲望，不斷伸展
不斷向我凹陷的內裡探索
我的秘密花園，無言的歌唱
不斷迴旋輕觸，你的指尖
以精緻修飾的角度不斷探索
在這如水的深夜，大家都睡了
只有我沈默的心不斷起伏
不斷升起一種呻吟的溫度
抖動、顫動，以致
想要叫喊，在你從未間斷的探索中

壓抑著想飛的音符，想望
你更深入的接觸
我的靈魂。在這無人的夜晚
被禁困在只能想像的渴望中
仰望你
俯下身來，黯黑的軀體
發亮的額頭，彷彿帶著黏液的水光
不斷向下伸展
帶電的怪獸般不斷進入我
靈魂的出口
只有你懂
我始終未曾歡悅渲洩的沈默

我是黑膠唱片
你是唱臂
空轉一夜

# 夜曲

妳是一把橫臥的琵琶
細頸寬腹，令人屏息的曲線
絲滑如開展的荷葉，向上挺起
飽滿堅實似含苞未開的荷花
霧氣慢慢在花尖凝聚
露水般將滴未滴，沿著花瓣
安靜無聲，如絲弦上的揉捻
單音撥彈，樂句緩步前行
開始訴說，欲言又止的心事
一步一回頭，一步一徘徊
在寬廣的琴腔中迴盪

隱忍如冬天的春意
卻有一種忍不住的喧嘩
快速輪指的琶音
輕輕低吟如夢中的微風吹過
遙遠的記憶在雲端飛翔
逐漸升高的音階，上上又下下
醞釀著，醞釀著
最強音，猛然撕裂寂靜的夜色
煙火般暴發，絢麗照亮曠野的夜空
不斷劃過天際，彷彿宇宙初生
不斷的爆炸與旋轉
琵琶的聲音滾動傾洩
珠玉燦爛的流星

暴雨般衝擊，天地交響著霹靂
而後，忽然一切動作停止
收聲罷音、顏色回歸純白
妳端然不動如豎立的琵琶
靜穆如夢

# 雪色之歌

我們悲傷的進入彼此的身體
打開每一道房間的門
尋找愛情來過的痕跡
而房內都已收拾乾淨
空氣裡沒有歡樂及哀傷
只靜靜的空著，彷彿
追憶遠去的主人，等待
下一個任何可能的房客

我們以憑弔的姿態
撫摸彼此的身體像追悼逝者

在空空盪盪的屋裡
努力忍著，不讓眼淚掉落
窗外的光依舊斜斜射入
如教堂裡，神聖的旋律
即將開展讚頌的主題
當我們努力取悅對方
向歡娛的頂點上升
疊進的音符數度滑落，之後
又不斷奮力向上升起
一首白色的、哀傷的歌
從骨髓深處瀰漫開來的雪意
就這樣靜靜的
掩覆了天地

# 我在妳身上寫詩

我在妳身上寫詩
情愫是紅樓夢裡曲折的迴廊
光影幽微，如欲言又止的思念
突然渲洩，青色屋瓦上的銀色月光
妳眼中流轉的情慾，迷離成
透空花窗吹進來的微風
每一絲都雕刻著花紋
鑲嵌著玉質般的心思
穿過嬝嬝的煙霧，穿過
逐漸低吟的聲音
粉牆下的桃花在夜裡突然盛開

飽含露水，妳的濕潤
從眼睛開始溢出，直到
完全浸透了皮膚和毛髮
彷彿突然急下的夜雨
打散了月光般，我的詩句
只留下
點點滴滴的滿足的嘆息

# 夢痕四絕

## 一、晨花

雨停了，清晨的空氣冷如薄荷
霧中花影隱約
露水在花上凝結
像夢裡哭泣的淚痕

## 二、詩句

那天晚上的雨聲
穿過遺忘的記憶與歲月
來到我的窗口，打探
我未完成的詩句

## 三、雨聲

初冬的雨聲穿過夢的窗口
浸潤著我未完成的詩句
在雪白的宣紙上暈開
成淡墨淋漓的山水

## 四、夢痕

昨夜有夢，夢中的情景
似曾相識，醒來之後
記憶卻模糊
像變焦的鏡頭

# 茶的絕句

1

在清澈的水中緩緩舒張的是
在緊皺纖維中一直持續發酵的
茶般心事

2

年輕時也曾廢寢忘食寫詩
一字一句，都如清明雨前的春茶
採摘之前，蕊芽中必然
包藏著整整一個冬季的冷霧

3

香氣，一再轉換

似水非水、似雲非雲、似霧非霧
在未發酵與全發酵之間
烘焙的火候剛好精緻如詩

4

只有滾燙的沸水才能慢慢暖化
寒霜下緩緩包覆的香味
彷彿來自晶瑩肌膚的毛細孔
歡娛的張開芬芳的翅膀

5

初醒的情愫
紅酒般的顏色，艷艷地
在妳白瓷般的手中，輕輕飄散

6

月升之前
我會先點好一盞燈，
泡好一壺茶，如果
黃昏，是寂寞的

7

陣雨過後
你撥開煙雲的氤氳
沿著稜線
月光般緩緩向我走來

8

清晨多霧鳥聲穿梭雨幕
太陽熔雲成洞而光束鋪射如扇

一支短笛悠悠吹著午後山風
紅銅的晚霞踏著阡陌的階梯回家

9

我終於學會掩藏自己
在最思念的時候，靜靜傾聽
一株瓶花綻開的聲音，深深品味
茶葉剛泡的滋味

10

夜晚的天空遺落了星星
枯萎的心情遺落了思念
直到水在壺中沸騰
春雨淋漓的河岸漂浮空中

# 茶席餘味

且用不再滾燙的餘溫
再澆淋一次漸涼的壺身
已泡多次的茶葉略顯肥軟
彷彿妳，不再青春的腰身
眼角像魚的尾巴，似乎長了一些
想必游進去了許多歲月的痕跡
大大小小的喜怒與哀樂
妳倒水的手勢依然
初泡時那般敬慎
水在杯中，從容如花的開放
花瓣般旋轉，漸漸靜止似落葉

妳舉手勻杯
輕輕揮手滑過茶席
如清風拂過江面，遙引山月
眾飲者紛紛取杯，似月色探入江水
妳舉杯、就鼻、閉目
如安坐垂眼的觀音，不看眾生
只注視自己杯中的茶湯
微微泛白的滋味
如依稀的心情與往事
不再濃墨重筆如山水畫中的斧劈皴法
妳的眉目之間舒展如月下的柳絲
顧盼的風神如煙波水色
橫江如臥，一帶如雲

杯中的茶湯已經清澈如水
但清淡之中有一種回甘
彷彿似有若無的墨色
在潔白的紙上渲染出一層層的遠山
悠然在天地之間，安靜無聲

# 紅水烏龍——兼致詩人季野

年輕時也曾廢寢忘食寫詩
一字一句，都如清明雨前的春茶
採摘之前，蕊芽中必然
包藏著整整一個冬天的冷霧
日光萎凋之後
寒月般憂鬱的心事一揉再揉
清冷的月光與冰凍的夜風都
揉進纖維與細胞，所有的精華
都深入思維，反覆再三
經過輕火慢焙，一種情緒的鋪張
精挑細選的字眼，意義多重

繁複的象徵如化學反應在空氣中
形成香氣，詞性一再轉換
似水非水、似雲非雲、似霧非霧
文字的意義在似通非通之間，正如
在未發酵與全發酵之間
有一種無法用方程式表列的平衡
無法一一翻譯成白話和註釋
但烘焙的火候剛好精緻如詩
準確、凝練出一種難以形容的風味
只有滾燙的沸水才能慢慢暖化
寒霜下緩緩包覆的香味
彷彿來自晶瑩肌膚的毛細孔
歡娛的張開芬芳的翅膀

彷彿初醒的情愫
紅酒般的顏色，艷艷地
在白瓷般的手中，輕輕飄散
詩的茶味

# 紅水烏龍（詞）

——詠詩人季野茶品，調寄西江月

去歲深焙烏龍，
猶似凍頂霧濃，
一心二葉雨前採，
霜未降，露水重。
湯色艷過酒紅，
香飄蝶舞迷蹤，
人間如何閒日月，
飲太和，悟虛空。

註：詞中「人間如何閒日月」，引用的是季野兄的一個上聯「人間閒日月」，短短五字，展現了季野兄文字上不凡的才華，這灑脫的態度，似乎也是他生活的寫照。

# 陳年紅水烏龍

江湖的風波，多年來
已不曾聞問，如閉關老僧
入定之後，不思不想
臉上皺紋如時間的刻度
又深又沉，水底的月色
黝黑光亮，沒有波瀾
只有晚歸的夜鳥飛掠
岸邊的荷花卻在此時綻放
在多霧的空氣中緩緩展開
飽合露水的花瓣
釋放溫暖的暗香，那年春天

在江村旅店，夜色已深
搖曳的燭光中
散落枕頭的長髮如花盛開
露在被外的雪白臂膀如月色
長長的睫毛含著淚光
多少年了
那年春夜的纏綿入骨
佛前的每一聲念誦
都是為了遺忘曾經激情
每一顆念珠的撥動
都是為了懺悔輕易離去
蒲團上的坐姿逐漸縮小
如乾燥後的茶葉

所有的心事都再三揉捻
滲入纖維深處
那些山顛的露水風雨
月霧朝陽，都被深刻封藏
從未有人察覺
直到沸水直沖而下
老僧也者
忽然心動
原來多年的無動於衷
都是為了時間的等待
等待一次徹底的

色聲香味的釋放，而後觸法
如露如電般
頓悟

# 春雨十行——兼致詩人林彧

在清澈的水中緩緩舒張的，莫非是你
掩藏多年，徘徊在高樓與大廈之間
都市的酸雨未能浸蝕
台北多鉛的空氣也無法污染的
在緊皺纖維中一直持續發酵的，茶般心事

在單身日記之後我曾苦苦追索
名片上無法詳列的詩人的手勢與身影
釘書針釘不住的靈巧詩句都哪裡去了？
穿過長長的歲月和寒流，你卻忽然寄來
溪頭深山，今年的第一場豐沛春雨

# 江湖

有人的地方就是江湖
江湖總有風波
風波總有紛爭，或許是
門派間長年的積怨
像掌門人們的皺紋，深刻著
歷代的恩仇，複雜如長久歲月
數不清的誰是誰非
濃密如鬍鬚，糾結交織著
難解的愛恨情仇，都成了傳說與
幫規的誓言

也或許是
門派內的爭名奪利，師兄弟們
互相切搓的明刀往往化成暗劍
點到為止的，是表面的尊重
暗潮洶湧的，是心裡的計算
總有一天撕破臉，決鬥
用彼此熟悉的招式，馬步下蹲
難以預防的陰謀，飛腳旋踢
無論輸贏，都還有下回
以及下下回的有待分解

也或許，是路上偶然相遇
錯身而過時，不經意的眼神交會

就射出一道幫會的密碼
互相掃描與較量，然後
若無其事的離去
江湖的身影，總是如此瀟灑
心機深藏
如衣上的風霜與酒痕
每一條小路與官道
都指向天涯

也或許是，酒樓上忽然發生的口角
而後是拍案翻桌
情緒如杯盤撞擊，銳利的碎片
暗器般四射，只留下

滿地狼籍與各種謠言
謠言如一顆小小的石頭
投入江湖之後，就不斷擴散
漣漪般向遠方散去
水中的倒影模糊且不斷變形
到最後
誰都看不清楚真相，直到
流言消散，江湖才回復
本來的面貌

有人的地方就有江湖
有了江湖就有風波和紛爭
沒人時，卻總是覺得寂寞

只好坐對窗外的江湖
撥開雲影，邀月光
喝酒

# 交響詩

一個個高大的身影從樂句中升起
以一種下墜的力量
巨大的肩膀沈重的向上伸展
黑色的披風垂了下來
從頭部的位置，鼓漲著渦旋的氣流
強烈的陽光在黑暗的額頭熾熱地燃燒
熔化了那些，人世的面目
一如冷肅如鐵的揚聲器
不動聲色
他們
非常模糊地在音樂中尋找天地玄黃
創造宇宙洪荒。他們的旋律
血行於生命的底層，一種

巴松管木質的聲音在年輪的深處低迴
帶著夜霧的濕涼穿過松林，穿過
那年的風雪，還殘留著冷月的餘光
低音大提琴輕輕滑過漆黑的夜色
聲音在時間的波動裡如光的解散與重組
在他的思維中凝固，在他的回憶裡
沈澱成寧靜的
寂寞。
他眉目深鎖，在聲音中進入自己的心靈
一個清晰的身影在逆光的年代慢慢出現
安靜站著，等待遠方的音樂如等待
華麗的夢想。直到火車進站——
那是小鼓的進行曲節奏，狂暴而有秩序

忍不住的騷動與心悸，一種
　戰火燒炙白骨屍骸的惡臭
利刃刺入骨骼的清楚的撕裂
瀰漫在晨霧未散的松林，遠處有
　女子們亮麗而好聽的笑聲
教堂的鐘聲如此平靜，叫人想起
那些狂野的海濤拍打嶒崚鬆軟的雲層
那麼輕的音符像空氣在陽光下飛揚
　卻以殞星的重量墜落
摩擦，擠壓，撕裂，而後在真空中
　忘我的燃燒，用自己的血
自己的肉，自己的骨骼、毛髮和
強烈的憾事或者激情。如沙漠那樣的
　　絕對。

那是銅管的進行曲旋律，整齊卻又狂暴；
有人下車帶回來許多城市的故事，有人上車
帶著他的許多想像如人生的序曲，奔向遠方
那裡，有一把小提琴柔情似一縷長髮
可以繫住他初初懂得雄壯的溫柔
一襲碎花長裙在光的陰暗角落走出小巷
有意無意的往他痴痴站立呆望的方向，輕輕
輕輕笑了一下。那是風鈴化作流星
煙火般劃過宇宙的邊緣
在飽漲的胸口，豔麗、燦爛、神聖
如管風琴不斷向上升起的音階
在星雲般的迴旋中向上帝的位置傳頌
單純而虔誠的信仰。像休止符那樣的
安靜。

# 附錄　侯吉諒古典詩

## 歲時感懷

晚秋晨雨已微涼，臨書寫字翰墨香，
高架橋上車聲過，點滴浸潤詩思長。

## 秋日夢詩

忽然秋月空氣涼，詩思自來難掩藏，
夢中得句多如是，不必苦吟搜斷腸。

## 秋雨

午後一雨便成秋，水幕遮城望八樓，
筆墨清寂略淡漠，詩思自來添輕愁。

**金星硯**

硯如水浪漾金星，波光迷離似醉情，
燈下分明仔細看，笑靨猶帶淚痕輕。

**太魯閣**

奇岩怪石落河床，鬼斧神工闢洪荒，
筆墨元應師造化，經營何必費思量。

**風櫃斗訪梅**

冬寒未減梅已殘，繁花凋謝葉闌姍，
新葉綠翠披老幹，尋芳未遇小悵然。

**基隆小遊**

夕陽入海成金波，薰風輕送在船頭，
杯盤香溢時鮮味，微醉登高月滿樓。

## 觀音看荷

綠翠連波滿池塘，虛牆空鎖溢荷香，
主人不在客自便，閑賞花葉午後涼。

## 葉上題詩

欲寄相思無因由，葉上題詩寫寂寞，
誰識此心似春水，滿懷惆悵為春愁，

## 書興

裁紙磨墨樂音中，茶香漸溢火爐紅，
書興忽來如山霧，煙雲四起淡古松。

## 春回

春來回暖又乍寒，無端惆悵憑闌干，
夜車來去聲如風，欲寫新詩形容難。

## 詩硯齋紙

詩情興發句迭來，硯裡飄香畫樓外，
齋中無事調筆墨，紙上煙雲寫自在。

## 題畫

晨曦明麗破宿雲，群山掩映漸鍍金，
紙上調色追天然，亮彩光照無古今。

## 題畫

樹石寫真方得神，坐處其間忘俗塵，
近日詩思何所似，江湖山中二閒人。

## 題畫

紙上風煙入夢思，江山如畫亦如詩，
陽明春曉午後雨，半是晴巒半霧時。

AK00354

# 連篇交響詩（平裝版）

作　者——侯吉諒
書名頁題字——江兆申、侯吉諒
資深主編——謝鑫佑
校　對——謝鑫佑、侯吉諒、黃亭珊
行銷企劃——陳玟利、鄭家謙
美術設計——蔡南昇

董 事 長——趙政岷
出 版 者——時報文化出版企業股份有限公司
一〇八〇一九台北市和平西路三段二四〇號四樓
發行專線—（〇二）二三〇六六八四二
讀者服務專線—〇八〇〇二三一七〇五
（〇二）二三〇四七一〇三
讀者服務傳真—（〇二）二三〇四六八五八
郵撥—一九三四四七二四時報文化出版公司
信箱—一〇八九九臺北華江橋郵局第九九信箱

時報悅讀網——http://www.readingtimes.com.tw
文化線粉專——https://www.facebook.com/culturalcastle/
法律顧問——理律法律事務所　陳長文律師、李念祖律師
印　刷——勁達印刷有限公司
初版一刷——二〇二二年五月廿日
定　價——新台幣三五〇元
（缺頁或破損的書，請寄回更換）

時報文化出版公司成立於一九七五年，
一九九九年股票上櫃公開發行，二〇〇八年脫離中時集團非屬旺中，
以「尊重智慧與創意的文化事業」為信念。

連篇交響詩 / 侯吉諒著 .—— 初版 .——臺北市：時報文化出版企業股份有限公司 ,2022.05
面；　公分
ISBN 978-626-335-259-9（平裝）

863.51　　　　111004435

ISBN 978-626-335-259-9
Printed in Taiwan